AF309227

Bibliothèque Syndicale et Ouvrière

N° 1

Léon ARISTID

Le Roi Salomon

ou

La Vente à Crédit

25ᵉ MILLE

PARIS

IMPRIMERIE   AU BUREAU

Joseph TEQUI   de l'Echo des Syndicats

70, Avenue du Maine

Bibliothèque Syndicale et ouvrière

Cette bibliothèque se compose d'une série de petites brochures destinées à être distribuées après une réunion par les soins d'un comité soit aux ouvriers, soit aux jeunes gens.

Prix : 0 fr. 10 l'ex. ; 8 fr. le cent ; 60 fr. le mille.

N° 1. — **Le Roi Salomon** ou la **Vente à crédit.** Combat le procédé juif de la vente par abonnement.

N° 2. — **Un soir d'hiver,** étude sociale prise sur le vif montrant le rôle désastreux du franc-maçon dans la commune ou le canton.

N° 3. — **La Terre libre,** où l'on raconte avec humour l'échec d'une caravane d'ouvriers voulant vivre dans le collectivisme.

N° 4. — **Fumistes !** Cinq études mettant à découvert les tartuferies des meneurs socialistes.

N° 5. — **Victimes** Divers récits par lesquels on montre le tort considérable fait aux travailleurs par certaines dispositions législatives.

N° 6. — **Le vrai Syndicat.** Piquant récit qui met en évidence les avantages et les bienfaits d'un groupement professionnel basé sur l'entente entre le capital et le travail.

Les commandes doivent être adressées soit à M. l'Administrateur de **l'Echo des Syndicats,** *14, Rue des Petits-Carreaux, Paris (IIe) ; soit à* M. Joseph TÉQUI, *imprimeur, 70, Av. du Maine, Paris (XIVe).*

Le Roi Salomon

OU

LA VENTE A CRÉDIT

I

LE TENTATEUR.

Dans son petit logement, situé au 5me étage de la rue d'Aubervilliers, et dont les fenêtres donnent sur la gare aux marchandises de la Compagnie de l'Est, Bouju achevait son modeste déjeuner, ou plus exactement, il ne l'achevait pas, son déjeuner, car il était très occupé à déchiffrer un prospectus vert, — couleur d'espérance — en haut duquel, on pouvait lire ces mots, écrits en gros caractères :

AU ROI SALOMON.

Au bout d'un instant, Bouju reposa le papier sur la table, et s'adressant à sa femme assise en face de lui.

— « Alorche, il va revenir, le roi Chalomon? Il ferait bien de che dépêcher un peu, car je n'ai plus que vingt minutes!

Bouju était un enfant de l'Auvergne. Venu tout jeune à Paris, il s'était placé comme garçon de lavoir, et avait exercé ce dur métier jusqu'à son départ pour le régiment. Ses trois années de service terminées, il était revenu pour reprendre son poste, mais le lavoir où il avait été employé avait changé de patron, et son emploi était occupé par un autre. Bouju se mit donc en quête d'une autre situation et au bout de quelques jours, il eut la chance d'entrer, en qualité de garçon de magasin, dans une fabrique de produits chimiques, aux appointements de 4 fr. par jour. C'était une situation des plus modestes; Bouju n'était pas ambitieux, il s'en contenta. Au bout d'un an, il obtint un emploi de confiance; on le chargea de la fabrication de cette lessive chimique, composée de potasse et de silicate, à l'aide de laquelle les blanchisseuses parisiennes transforment si rapidement, en chiffons lamentables, le linge de leurs clients.

Devenu fabricant de lessive, Bouju vit ses appointements s'élever à 5 fr. 25 par jour. Pendant deux ans, de 6 heures du matin à 7 heures du soir, il mélangea consciencieusement sa potasse et son silicate, puis un beau jour, le contre-maître lui annonça que l'employé chargé de confectionner les paquets pour la clientèle de détail allait retourner dans son pays pour recueillir un héritage, et que lui, Bouju, en raison de sa conduite irréprochable et de ses bons services antérieurs, était désigné pour le remplacer.

Bouju quitta sans regret ses barriques de potasse et ses barils de silicate, car ses nouvelles fonctions allaient lui rapporter 6 francs par jour, et, pourvu d'une si brillante situation, il songea à se marier.

Il se rappela qu'une de ses payses était en service chez un bourgeois du faubourg St-Martin; il avait conservé l'adresse dans un vieux portefeuille en peau de bique, héritage de son grand-père, et comme Bouju était un homme de résolution, il se mit en devoir de réaliser ses projets matrimoniaux. Un dimanche, après-midi, il se présenta faubourg St-Martin, et demanda à parler à Charlotte.

Il fut sans doute très éloquent, car trois mois tout au plus après cette première entrevue, Mlle Charlotte devenait Mme Bouju.

Le mariage fut célébré, un samedi d'avril, à l'église de la Villette.

La cérémonie, très simple, fut suivie d'un repas familial auquel assistèrent seuls les membres des deux familles, et le soir même le nouveau ménage était installé rue d'Aubervilliers.

Installation des plus sommaires, d'ailleurs, car le mobilier se composait uniquement des quelques meubles indispensables que François s'était procurés à peu de frais chez un brocanteur du quartier — un pays.

Pendant deux ans, Mme Bouju conserva sa place chez ses bourgeois du faubourg St-Martin malgré les deux enfants qui à quatorze mois d'intervalle étaient venus continuer la dynastie des Bouju.

Une voisine complaisante se chargeait de soigner les deux mioches, le matin, et de les conduire à la crèche paroissiale où François allait les chercher, le soir, en quittant son travail.

Mais lorsque survint le troisième, la ménagère se trouva forcée de rester à la maison; l'entretien de son ménage et les exigences de ses trois marmots l'empêchant de se livrer à aucun travail supplémentaire. Son mari dut donc, avec son seul salaire de

6 francs par jour, nourrir, vêtir et loger toute la maisonnée. A force d'économie, il y parvenait tant bien que mal, mais, lorsqu'arrivait la fin de la semaine, le porte-monnaie de la ménagère était toujours à peu près vide. Quand Bouju rentrait au logis, le samedi soir — jamais plus de cinq minutes après la paye — il commençait par embrasser sa femme et ses mioches. Puis, s'adressant à Charlotte, il disait ce seul mot:

— Amène !

Et Charlotte amenait son porte-monnaie, que Bouju retournait sur la table après l'avoir ouvert. Il n'en tombait jamais que quelques sous, parfois une piécette blanche, mais pas souvent.

Alors Bouju demandait :

— Ch'est tout che qui rechte?

— Ch'est tout, répondait Charlotte.

Et Bouju, avec un gros soupir, tirait de sa poche son mouchoir à carreaux dans le coin duquel se trouvait nouée sa paye. Lentement, il défaisait le nœud, puis faisait glisser les pièces jaunes et blanches du mouchoir dans sa main, et de sa main dans le porte-monnaie, qu'il rendait ensuite à sa femme, et il disait à demi-voix : Cha ne chera pas encore pour chette année!

*
* *

Ces simples paroles indiquaient assez qu'il manquait quelque chose au bonheur de Bouju. Ce quelque chose, c'était un buffet de noyer, et une grande glace à cadre doré qu'il avait longtemps admirés à l'étalage d'un marchand de meubles de la rue de Flandre. Un jour, il s'était même enhardi à demander le prix. Vingt-cinq francs la glace et cinquante francs le buffet, lui répondit le marchand. Vingt-cinq et cinquante cela faisait soixante-quinze. Jamais Bouju ne pourrait parvenir à réunir une somme aussi importante.

Il n'y aurait qu'un moyen; demander à Charlotte de mettre de côté chaque semaine une pièce de quarante sous. En moins d'un an, on arriverait ainsi à réunir les soixante-quinze francs; mais voilà, Charlotte ne savait pas faire des économies; chaque fois qu'il lui en avait parlé, elle lui avait ri au nez. Or, ce jour-là, comme il rentrait pour déjeuner, elle lui avait appris qu'elle avait reçu dans la matinée la visite d'un monsieur très bien habillé, représentant du Grand magasin « Au Roi Salomon » qui donnait sans argent, des meubles, des vêtements, des ustensiles de ménage, enfin, tout ce que l'on pouvait désirer. Il suffisait, simplement pour entrer en possession de tous ces objets de signer un papier.

Donner une signature c'est chose grave; aussi Charlotte avait- le répondu qu'elle en parlerait à son mari. Alors le beau monsieur était parti, annonçant qu'il reviendrait entre onze heures et midi, et il avait laissé le prospectus vert.

Vers midi moins un quart, deux coups rapides et discrets furent frappés à la porte du modeste logement.

— « Entrez! crièrent en même temps Bouju et sa femme. »

La porte s'ouvrit et le courtier du « Roi Salomon » entra, la serviette sous le bras saluant jusqu'à terre.

Bouju, les deux coudes sur la table, répondit au salut de l'arrivant, et immédiatement la conversation fut entamée :

— « Pour lorche, que vous j'êtes le roi Chalomon qui êtes venu che matin, et que ch'est vous qui vendez pour rien des buffets, des glaches et des j'habits? »

Le courtier fut légèrement interloqué par cette étrange entrée en matière, mais en homme habitué à ne s'étonner de rien, il répondit par un sourire aux paroles de Bouju et commença à débiter son boniment :

— « Le Roi Salomon, maison honorablement connue... cinquante ans de succès, plus de cent mille clients... pas un centime à payer d'avance... Vous donnez seulement vingt sous pour le livret, on vous remet des bons qui sont reçus comme des billets de banque à la Caisse du magasin; vous emportez vos achats sans rien débourser et après, vous versez chaque semaine une petite somme, selon l'importance de votre achat, 1 franc pour 25 francs, 2 francs pour 50, et seulement 3 francs pour 100 francs Voilà!

Bouju, subjugué par tant d'éloquence regarda le courtier avec admiration, puis il regarda sa femme et lui demanda :

— « Qu'est-che que tu en dis?

— Je m'en rapporte à toi répondit Charlotte.

— Pour moi, opina Bouju, je crois que ch'est une bonne affaire, et comme je n'ai plus que chinq minutes nous allons régler cela tout de chuite. Il nous faut un buffet, et une grande glache, cha coûte dans les soixante-quinze francs. »

— Parfaitement, dit le courtier, mais vous aurez certainement besoin de quelques vêtements, ou d'une paire de chaussures pour vous et vos enfants, je vais vous faire établir un bon de cent francs; on vous l'apportera la semaine prochaine, avec votre livret, vous aurez un franc à payer, et pour le reste, vous ferez votre premier versement de trois francs, après avoir fait vos achats.

Il ne reste plus maintenant qu'une petite formalité à remplir c'est de signer ici — et il posa sur la table un carnet crasseux, déjà en partie rempli de signatures — en regard de la somme de 100 francs que je viens d'inscrire.

Bouju signa, et le courtier partit.

Diable! dit Bouju, plus que trois minutes: il faut que je me dépêche pour n'être pas en retard. Ch'est égal, il faut que che choit rudement un brave homme, che roi Chalo-

mon, pour nous donner ainchi chent francs
de marchandises quand il ne nous connaît
cheulément pas!

— Au revoir, Charlotte.

Et Bouju dégringola tout joyeux ses cinq
étages, en répétant : Quel brave homme,
che roi Chalomon!

Hélas! le malheureux ne se doutait pas
qu'il venait tout simplement de sacrifier la
paix et la prospérité de son ménage, et qu'il
ne tarderait pas à maudire celui dont il par-
lait avec tant d'enthousiasme.

II

Le Revers de la Médaille.

Le courtier du Roi Salomon tint scrupuleusement sa promesse. Une semaine exactement après sa première visite, il se présenta chez Bouju et remit à Charlotte, contre un premier versement de vingt sous, un petit livret à couverture verte, et quatre bons de vingt-cinq francs chacun, qui devaient, ainsi qu'il l'avait promis, être reçus « comme des billets de banque » à la caisse du magasin.

Inutile de dire que pendant ces huit jours, une enquête aussi discrète que minutieuse avait été faite sur le compte du nouveau client ; la concierge de la maison habitée par la famille Bouju avait fourni sur le compte de ses locataires les meilleurs renseignements ; elle avait, sans se faire prier, indiqué la maison où était employé le brave auvergnat. Là, l'enquêteur du Roi Salomon avait simplement demandé depuis combien de temps Bouju faisait partie du personnel, et le chiffre de ses appointements. On voit par ces simples détails que le « Roi Salomon » ne s'embarquait pas à la légère.

Le dimanche suivant, Bouju se rendit au magasin accompagné de sa femme. Conduits au rayon d'ameublement par un employé très obligeant et extrêmement poli, ils achetèrent un buffet de bois blanc, auquel une forte couche de teinture de brou de noix recouverte de vernis au copal, donnait une vague apparence de noyer, et une glace dont le cadre en plâtre moulé était badigeonné d'une composition spéciale imitant à s'y méprendre la dorure.

Le tout valait bien quarante francs, et encore!

Pourtant Bouju ne risqua aucune protestation lorsque l'employé l'informa que ces objets étaient cotés quatre-vingt-dix francs sur le catalogue du magasin.

Il restait dix francs de disponibles sur les cent francs de bons; les deux époux se rendirent au rayon de lingerie où ils firent quelques achats, puis l'employé les conduisit à la caisse où on établit leur compte; les achats de lingerie se montaient à quatorze francs. Charlotte sortit son porte-monnaie, en tira les quatre bons, et les posa sur la plaque de cuivre avec deux pièces de quarante sous; puis ils quittèrent le magasin, accompagnés jusque sur le seuil par l'employé, toujours de plus en plus poli, qui leur promit que le lendemain à la première heure, on livrerait à domicile leurs acquisitions.

Lorsqu'ils furent dehors, Bouju reprocha

vivement à sa femme de n'avoir pas même donné de pourboire à ce garçon, qui avait été si obligeant et si convenable.

Le lendemain, à midi, lorsque Bouju rentra chez lui pour déjeuner, il trouva mis en place par les livreurs du Roi Salomon sa glace et son buffet.

A ce moment, une idée singulière lui traversa le cerveau, il lui sembla que ses meubles, qui pourtant coûtaient 90 francs, étaient bien moins beaux que ceux que lui offrait pour soixante-quinze, le marchand de meubles de la rue de Flandre ; après un instant de réflexion, il se dit qu'il était certainement le jouet d'une illusion, et il n'y pensa plus.

*_**

Le jeudi qui suivit la livraison des meubles, le receveur du magasin se présenta rue d'Aubervilliers, et Charlotte lui remit quatre francs ; mais le soir, ayant quelques achats à faire, elle s'aperçut avec terreur que son porte-monnaie était presque vide ; le lendemain, elle se vit obligée — pour la première fois depuis son mariage — de solliciter du crédit de ses fournisseurs habituels. Lorsque François rentra le samedi soir, sa paye dans sa poche, il ne fut pas étonné de voir que le porte-monnaie de sa femme était complètement vide, mais il ne se douta pas que c'était depuis deux jours.

Le lendemain matin, Charlotte mit de côté les 4 fr. du Roi Salomon, puis elle paya ses dettes, elle s'aperçut alors que la paye de François était diminuée de moitié ; cette semaine-là, le porte-monnaie se trouva vide le mercredi soir, mais comme les fournisseurs ne firent aucune objection pour donner à crédit les marchandises nécessaires aux besoins du ménage, Charlotte ne s'inquiéta pas.

Au bout de deux mois, le porte-monnaie se trouva régulièrement à sec le dimanche matin, une fois payées les marchandises prises à crédit pendant toute la semaine ; vers la fin du troisième mois, la ménagère, ayant appris qu'un certain nombre de femmes d'employés payaient leur pain au mois, sollicita du boulanger la même faveur, qui lui fut accordée de très bonne grâce.

Six mois environ après leur acquisition, le buffet et la glace étaient payés, mais le ménage Bouju avait dans le quartier près de cent cinquante francs de dettes. Il est vrai que François n'en savait rien ; aussi, lorsque sa femme lui annonça que le receveur du Roi Salomon avait collé un timbre-quittance, de dix centimes au bas du dernier versement, il sauta de joie et s'écria :

—« Maintenant, nous j'allons acheter une armoire à glace pour notre chambre à coucher ! »

A cette déclaration, Charlotte fut effrayée ; un moment ,elle eut la pensée d'avouer à son mari les dettes contractées, mais craignant une scène, elle n'osa faire cet aveu.

D'ailleurs, pensa-t-elle, puisque le compte est réglé, je n'aurai qu'à dire à François que le receveur n'est plus revenu.

Mais le malheur voulut que le jeudi suivant fut justement celui de la Mi-Carême, jour de congé pour les ouvriers, mais pas pour les receveurs des *maisons de vente à crédit*.

Lorsque l'employé du Roi Salomon se présenta chez Bouju, ce fut celui-ci qui le reçut, Charlotte étant sortie avec ses enfants.

— « Combien que vous vendez j'une armoire à glache ? demanda l'Auvergnat.

— Nous en avons à partir de cent cinquante francs répondit l'employé, après avoir consulté le catalogue.

— Ch'est encore dans mes prix, déclara l'ouvrier ; mais combien faudra-t-il verser par semaine ?

— Ecoutez, dit le receveur, je vais vous donner un bon conseil. Pour cent cinquante francs, nous demandons 5 fr. 50 par semaine, mais comme vous êtes un bon client, prenez quatre bons de cinquante fr., et vous ne paierez que 6 francs ? cela vous va-t-il.

— Bah ! répondit François, nous avons

payé 4 francs jusqu'à présent, nous en
paierons bien 6 ; marché conclu ! »

Lorsque Charlotte rentra, ce fut avec une
véritable terreur qu'elle apprit ce qui s'était
passé en son absence, mais elle n'osa rien
dire.

Quelques jours plus tard, une superbe
armoire à glace en peuplier plaqué d'acajou
venait compléter l'ameublement de l'ambitieux Bouju ; mais derrière elle, la gêne et
la désunion venaient de pénétrer pour de
longs jours dans le logis jadis si calme et
si gai de la rue d'Aubervilliers.

II

Vers la Misère.

Un mois après l'installation de l'armoire à glace, la situation financière du ménage Bouju était devenue très critique.

Les fournisseurs, à qui la paye hebdomadaire, ne permettait de donner que d'insuffisants à-comptes, commençaient à montrer les dents : deux fois déjà, le receveur du Roi Salomon, venu pour toucher ses 6 fr. avait dû s'en retourner les mains vides.

Un jour, comme l'épicier venait réclamer le paiement de sa note à l'heure du déjeuner, il rencontra Bouju, qui se fâcha tout rouge, en apprenant que sa femme avait contracté des dettes à son insu ; il lui ordonna de donner sur le champ au moins un à-compte, et Charlotte dut avouer qu'elle ne possédait plus un sou.

Bouju partit furieux à son travail, et le soir une scène violente eut lieu entre les deux époux ; l'ouvrier exigea des comptes ; il apprit qu'il devait plus de deux cents francs et que le Roi Salomon n'avait pas été payé, la semaine précédente.

Il ne devait pas l'être non plus à sa prochaine visite. Un soir, l'aînée des fillettes, qui depuis quelques semaines allait à l'école du quartier, en revint avec un violent mal de tête et une forte fièvre. Pendant la nuit, elle eut le délire, et le lendemain matin, Charlotte dut aller en toute hâte chercher le médecin.

—« C'est la rougeole, déclara immédiatement le docteur ; comme vous m'avez appelé à temps, j'espère qu'il n'y aura pas de complications, et que la vie de votre fillette ne sera pas en danger ; mais je crains fort que vos deux autres enfants n'échappent point à la contagion. »

Ce pronostic se réalisa à la lettre ; quatre jours après la première visite du médecin, les trois enfants étaient couchés, en proie à la rougeole. Cette semaine-là, il fut impossible de donner aucun à-compte aux fournisseurs ; la paye de François fut à peine suffisante pour solder les visites du médecin et les médicaments.

Lorsqu'après un mois de traitement coûteux et de soins assidus, les petits malades furent à peu près guéris, Charlotte constata avec terreur que ses dettes avaient triplé. Elle n'osait plus rien acheter à crédit chez ses fournisseurs qui avaient fini par se lasser, et elle ne pouvait pas non plus les quitter pour aller se servir chez d'autres, de sorte que très souvent les repas étaient réduits à leur plus simple expression.

Malgré les prodiges d'économie qu'elle arrivait maintenant à réaliser, la ménagère sentait bien qu'il lui serait très difficile de surmonter les difficultés créées par son imprévoyance ; d'un instant à l'autre, une catastrophe était à craindre.

*
* *

Un soir, comme Bouju venait de rentrer chez lui, quelqu'un frappa à la porte.

— « C'est sans doute le docteur, dit Charlotte tout en allant ouvrir. Ce n'était pas lui, mais un monsieur à casquette galonnée d'or, qui demanda, sans même saluer :

— C'est bien ici monsieur Bouju ?

— Parfaitement. repondit François, qu'est-che que vous voulez ?

— Je suis employé au contentieux du Roi Salomon, et je viens vous rappeler que depuis trois semaines, vous n'avez rien versé à notre receveur. Si cette semaine, vous ne versez pas douze francs, nous vous poursuivrons.

— Ni chette chemaine, ni la chemaine prochaine, répondit Bouju. Mes enfants chont malades, il faut que je les choigne.

— Alors vous refusez de payer ?

— Je ne refuge pas, mais je paierai plus tard.

— Voyons, monsieur, intervint Charlotte,

accordez-nous un peu de temps, jusqu'ici nous avons payé régulièrement, mais en ce moment, nos trois enfants sont malades ; il nous faut acheter des médicaments tous les jours ; attendez un mois.

— Impossible, répondit l'employé ; si vous ne payez pas cette semaine, nous commençons immédiatement les poursuites ; à moins toutefois que vous n'acceptiez un arrangement.

— Nous ne demandons pas mieux, mais lequel ?

— Voici. Vous nous rendrez l'armoire à glace, et de cette façon, vous vous éviterez les visites ennuyeuses de l'huissier.

— Rendre l'armoire à glache ! s'écria François, jamais de la vie, par exemple !

— Alors payez !

— Mais puisque nous ne pouvons pas ?

— Vous ne voulez rien entendre ? c'est bien, vous vous débrouillerez avec l'huissier.

Et sur ces derniers mots. l'employé se dirigea vers la porte, mais Charlotte l'arrêta.

— Puisqu'il n'y a pas moyen de faire autrement, dit-elle, nous rendrons l'armoire à glace, et comme Bouju voulait protester ; cela vaudra encore mieux que de nous mettre entre les mains des huissiers, s'ils mettaient les pieds ici, ils nous prendraient tout.

— Alors, puisque vous consentez, veuillez me signer ce papier ?

— Qu'est-ce que ch'est que cha ? demanda François.

— Tout simplement une attestation mentionnant que vous nous autorisez à enlever le meuble.

— Alors, je chigne.

Et il opposa sa signature au bas du papier, puis le rendit à l'employé en poussant un profond soupir. L'homme à casquette galonnée fit disparaître la pièce dans son portefeuille et prit congé :

Enfin, murmura Charlotte, nous allons maintenant être un peu plus tranquilles !

La pauvre femme se trompait ; ses déboires n'étaient pas finis.

****

Le jeudi suivant, le receveur du Roi Salomon se présenta comme d'habitude ; naturellement, Charlotte ne lui remit pas d'argent, elle se contenta de lui dire que l'affaire était arrangée et qu'on avait repris l'armoire à glace. Le receveur n'insista pas et s'en alla.

Le lendemain, le facteur apporta une lettre sur l'enveloppe de laquelle se lisaient ces mots : Au Roi Salomon, et au-dessous, en caractères plus fins : *Contentieux.*

C'était une convocation, invitant Monsieur Bouju, à se rendre le surlendemain à trois heures de l'après-midi, au Contentieux du Roi Salomon, pour affaire urgente.

Pour se rendre à cette invitation, François dut perdre une demi-journée, ce qui ne lui était jamais arrivé.

Il se présenta à l'heure prescrite, attendit son tour pendant assez longtemps dans un long couloir sombre, et fut introduit dans un bureau où se trouvait un homme d'une cinquantaine d'années, chauve et portant des lunettes.

— Votre convocation ? demanda cet homme.

— Voilà, répondit Bouju, en tendant sa lettre.

L'homme prit la lettre, consulta un numéro inscrit en tête, et que Bouju n'avait pas remarqué, puis il se dirigea vers un cartonnier dans l'un des casiers duquel il prit un dossier portant le même numéro que la convocation ; il revint s'asseoir dans son fauteuil, ouvrit le dossier qu'il posa sur son pupitre, et dit à Bouju :

— Asseyez-vous !

Bouju obéit.

Alors, l'homme aux lunettes lui dit :

— Vous êtes un client de la maison ; vous devez encore à l'administration la somme de cent francs et vous refusez de payer !

— Moi, protesta l'Auvergnat, je dois cent francs ? Allons donc, je ne dois rien du tout, puichque j'ai payé chinquante francs, et que j'ai rendu l'armoire.

— Ah ! vous croyez en être quitte ainsi ? riposta l'homme aux lunettes ; eh bien ! vous vous trompez ; d'abord, ajouta-t-il, reconnaissez-vous ceci ?

Et il tendit à Bouju le papier que celui-ci avait signé lors de la visite de l'inspecteur.

— Parfaitement, que je le reconnais, qu'est-che que cha prouve ?

— Lisez-le.

Le papier disait ceci.

« Je soussigné, autorise MM. Lévyr et Cie, directeurs-propriétaires des Grands Magasins Au Roi Salomon, à faire reprendre chez moi une armoire à glace qu'ils m'ont vendue et qu'il m'est impossible de continuer de payer par versements hebdomadaires de six francs, ainsi que je m'y étais engagé.

« Comme le meuble en question a subi par le fait de son séjour chez moi et de l'usage que j'en ai fait une dépréciation, je déclare accepter cette dépréciation et laisse à MM. Lévyr et Cie le soin de la fixer eux-mêmes.

« François Bouju. »

— Et bien qu'est-che que cha veut dire ? demanda l'ouvrier.

— Tout simplement ceci, répondit l'homme aux lunettes, vous avez acheté dans nos magasins une armoire à glace de cent cinquante francs et vous ne pouvez pas la payer; l'administration vous la reprend, mais comme elle n'est plus neuve, puisque vous vous en êtes servi pendant deux mois, on ne vous la reprend que pour cinquante francs, ce qui fait que vous nous redevez encore cent francs. Comprenez-vous maintenant?

— Mais ch'est un vol! ch'est une canaillerie, s'écria l'ouvrier tout à fait hors de lui; si j'avais su ce que vous me dites-là, je n'aurais pas chigné! Mais vous ne m'y prendrez plus, car je ne vous donnerai plus un sou!

Et il sortit furieux en faisant claquer la porte.

IV. — Fin de l'Épreuve.

Pendant quinze jours, Bouju n'eut aucune nouvelle du Roi Salomon, il s'en croyait définitivement débarrassé, lorsqu'un après-midi, comme il était occupé à peser des paquets d'amidon, un employé vint le chercher, lui disant que le patron le demandait. Très intrigué, François se dirigea vers le cabinet du patron, et il n'eut pas besoin de le regarder deux fois pour voir qu'il ne paraissait pas content.

— Ah! c'est vous! François! dit l'industriel en l'apercevant, je viens de recevoir quelque chose pour vous. C'est une saisie-arrêt sur votre salaire. Cela vient du magasin du Roi Salomon. Je tiens à vous prévenir que je ne veux à aucun prix de ces histoires chez moi. Il faudra vous arranger avec votre créancier, et si vous ne pouvez y parvenir, tant pis pour vous! je serais forcé de me priver de vos services.

La foudre tombant aux pieds de Bouju ne l'eût pas plus épouvanté que ces paroles. Ainsi, il allait être mis à la porte; il allait se trouver sans travail, avec ses trois enfants malades, ses dettes à payer, et le terme qui approchait, car, il n'y avait pas à s'illusionner, il ne pouvait pas continuer à verser six francs par semaine au Roi Salomon, et il savait bien qu'il n'avait aucun délai à espérer.

Complètement écrasé, il se tenait debout devant le patron, la tête baissée, sans dire un mot.

— Voyons, dit l'industriel d'une voix plus douce, comment avez-vous pu vous mettre dans une telle situation, vous un homme laborieux, sobre, bon père de famille. Depuis plusieurs années que vous êtes ici, on n'a jamais eu un reproche à vous adresser, croyez qu'il me serait très pénible de me séparer de vous; si je puis vous aider, je ne demande pas mieux, que vous est-il arrivé?

Réconforté par ces bonnes paroles, François osa regarder son patron, et comme il vit que le visage de celui-ci était empreint de compassion et de bonté, il résolut de tout lui dire.

Il lui conta son désir de posséder une glace et un buffet, la première visite du courtier du Roi Salomon: les versements hebdomadaires détruisant l'équilibre de son petit budget, et l'entraînant peu à peu aux dettes; les cachotteries de la ménagère et l'armoire à glace, la maladie des enfants qui avait précipité la catastrophe...

Le patron écouta avec une profonde attention le récit de son ouvrier; lorsqu'il eut terminé, il lui demanda comment se portaient ses enfants.

— Beaucoup mieux, Monsieur, l'aînée est tout à fait guérie et les deux autres vont aussi bien que possible; le médecin a seulement recommandé d'éviter de les laisser sortir.

— Allons, tant mieux; maintenant venez avec moi!

Et l'industriel conduisit François dans le bureau du caissier.

— Germain, dit-il, s'adressant à son employé, vous allez donner cent cinquante fr. à Bouju; vous lui retiendrez cela à raison de cinq francs par semaine, mais pas encore maintenant, un peu plus tard, quand je vous le dirai.

Bouju ne savait comment remercier son patron; un instant auparavant il se croyait perdu, il se voyait maintenant sauvé. Il serra précieusement dans son porte-monnaie les papiers bleus, et sortit du bureau la tête bourdonnante. Lorsqu'il fut dans le couloir, il voulut exprimer sa reconnaissance, à son sauveur, mais celui-ci coupa court à ses expansions en lui disant :

— C'est bon, retournez à votre travail, et tâchez à l'avenir d'être plus prudent; la leçon a été dure, j'espère qu'elle vous profitera. Ne vous abandonnez jamais plus aux séduisantes offres du « Roi Salomon » ni d'aucun autre.

Un travailleur probe et consciencieux ne doit jamais se départir de ce principe : « Eviter les dettes; économiser avant d'acheter. Et surtout, n'oubliez jamais que la vente à crédit est la plus chère de toutes les ventes. »

Le soir, Bouju rentra chez lui tout joyeux; il fit part à sa femme de la générosité de son patron, et lui demanda d'aller le lendemain payer les cent francs de l'armoire à glace. Charlotte en pleurait de joie et ne tarissait point de louanges à l'égard du patron de son mari. « Et dire, ajouta-t-elle, que l'autre jour, à cette même place, un de tes amis du quartier, te soutenait qu'il fallait se débarrasser des patrons parce qu'ils buvaient le sang du peuple et fabriquaient la misère des travailleurs. Sans la bonté de celui qui te fait travailler que serions-nous devenus maintenant ? Penses-tu que ce baliverneur nous aurait sorti d'embarras ? Et pourtant François tu ne savais pas lui répondre et tu lui donnais raison. »

*
* *

Aujourd'hui François a payé toutes ses dettes et a mis en pratique les sages conseils de son patron. Chaque semaine, il met dans une tire-lire une ou plusieurs pièces blanches et de temps à autre, il peut ainsi acquérir à bon compte un meuble utile.

C'est de cette façon qu'il a pu acheter, à son « pays » le brocanteur, une armoire à glace qui a remplacé celle du Roi Salomon. Dans quelques mois, il sera propriétaire d'un mobilier très confortable et qui ne lui aura causé aucun ennui.

Il a fait plus. Heureux de faire éviter à ses camarades de travail une expérience aussi malheureuse que la sienne, il s'efforce de les détourner de ce mode d'achat. Pour arriver à cette fin, il ne s'est point donné de relâche jusqu'à ce qu'il soit parvenu a faire adopter, par son syndicat, les statuts d'une *caisse de prêt gratuit*. Il y avait été puissamment aidé, il faut bien le dire, par une autre victime du « Roi Salomon » appartenant au même groupement professionnel. Cette institution a déjà rendu, parmi ces ouvriers, les plus grands services car elle est bien, à notre époque, l'un des moyens les plus puissants pour combattre la misère et l'atténuer dans la mesure du possible. Prenant lh'omme découragé, momentanément gêné, par suite de maladie, d'accident de travail ou pour toute autre cause semblable, elle lui apporte, à cette heure d'amertume, un concours opportun, précieux et presque toujours efficace.

Aujourd'hui Bouju est un homme heureux. Bien qu'ayant toujours présent à la mémoire le souvenir de ses mésaventures, il a retrouvé sa bonne humeur et sa placidité d'autrefois, mais il a maintenant une horreur profonde des magasins de vente à crédit, et chaque fois que l'occasion se présente, il ne manque pas de raconter à ses camarades et à ses voisins le vilain tour que lui a joué « chette crapule de Roi Chalomon ».

L'Echo des Syndicats

ORGANE SPÉCIAL

des Associations professionnelles libres

Paraissant le 10 et le 25 de chaque mois

tient au courant de toutes les questions
syndicales et ouvrières

Abonnement : 6 francs par an.

Abonnements de faveur pour syndiqués

et membres des cercles et patronages :

3 francs 50

Adresser les demandes d'envoi avec les
mandats à M. l'administrateur de l'*Écho des
syndicats*, 14, rue des Petits-Carreaux, Paris, 2ᵉ.

Imprimerie Joseph Téqui, 92, avenue du Maine, Paris.

www.ingramcontent.com/pod-product-compliance
Ingram Content Group UK Ltd.
Pitfield, Milton Keynes, MK11 3LW, UK
UKHW021656090726
13657UKWH00004B/1995